DESPERADO

DESPERADO

EIN WESTERN VON OLE KÖNNECKE

Carl Hanser Verlag

Jeden Morgen reitet Roy auf seinem Pferd Desperado
in den Kindergarten.
Seine Eltern bleiben zu Hause. Sie müssen arbeiten.

Roy geht gerne in den Kindergarten.
Hier kann man mit anderen spielen.
Manchmal gibt es Saft und Kekse.
Und die Erzieherin ist nett. Sehr, sehr nett.
Sie heißt Heidi.

Abends reitet Roy wieder nach Hause.
Manchmal singt er dabei ein Lied.

Dann hören ihn seine Eltern schon von weitem.
Wenn er ankommt, ist das Essen fertig.

Heute hat die ganze Familie verschlafen.
Roy kommt später als sonst in den Kindergarten.

Aber was ist das?
Die Schaukel ist kaputt.
Tische und Bänke sind umgeworfen.
Die Kinder haben sich im Gruppenraum versteckt.
Und Heidi ist nicht da!
Was ist passiert?

Ganz einfach: Black Bart, der Chef der Banditen, will Heidi heiraten.
Aber Heidi will auf keinen Fall Black Bart heiraten.

Also haben Black Bart und seine Banditen Heidi entführt!
(Und den Saft und die Kekse haben sie auch mitgenommen.)

Roy und Desperado schauen sich die Spuren der Banditen an.
Sie werden hinterherreiten.

Die Spuren führen in die Wüste.
Gut, dass Roy eine Wasserflasche dabeihat.

Jetzt führen die Spuren in die Berge.
Hier kann man nicht mehr so gut sehen,
wo die Banditen langgeritten sind.
Haben Roy und Desperado die Fährte verloren?

Nein, da ist das Versteck der Banditen.
Roy und Desperado schleichen sich an.
Black Bart hat Heidi in einen Schuppen gesperrt.
»Und ich lasse dich erst raus, wenn du mich heiratest!
So, ich gebe dir jetzt ein paar Minuten zum Nachdenken.
Man ist ja kein Unmensch.«
Das ist schlimm.
Roy und Desperado müssen Heidi befreien!
Aber wie?

Desperado hat eine Idee.
Er gräbt einen Tunnel zum Schuppen.
Die Banditen merken nichts.
Heidi freut sich sehr, ihre Freunde zu sehen.
»Roy! Desperado! Was für eine Überraschung!«

Roy führt Heidi durch den Tunnel.
Die Banditen merken immer noch nichts.
Aber Moment, hatte Heidi nicht eben noch
ihren Sonnenhut auf?
Und wo ist Desperado?

Desperado steht im Schuppen.
Und wartet.

»So!«, ruft Black Bart. »Die Bedenkzeit ist um.
Jetzt wird geheiratet!«

Black Bart dreht den Schlüssel im Schloss herum.
Gleich wird er die Tür öffnen ...

»HILFE! HEIDI HAT SICH IN EIN UNGEHEUER VERWANDELT!«
Die Banditen rennen zu ihren Pferden und reiten davon,
so schnell sie nur können.

Die Freunde machen sich auf den Rückweg.
Roy singt ein kleines Lied, und Heidi singt mit.
Desperado tanzt ein kleines Tänzchen dazu.

Die Kinder im Kindergarten werden sich furchtbar freuen, dass Heidi wieder da ist.

Dann reiten Roy und Desperado nach Hause.

»Und? Wie war es im Kindergarten?«,
fragen die Eltern.
Roy überlegt einen Moment.
»Och, eigentlich wie immer«.

ENDE

OLE KÖNNECKE, 1961 in Göttingen geboren, wuchs in Schweden auf und lebt in Hamburg. Seit 1990 hat er über 30 Bücher gestaltet, für die er mehrfach national und international ausgezeichnet wurde. Bei Hanser erschienen u.a. das preisgekrönte Bilderbuch *Wie ich Papa die Angst vor Fremden nahm* (2003) nach einem Text von Rafik Schami, und die *Anton*-Bücher, die wegen ihres feinsinnigen Humors und ihrer genauen Beobachtung des Kinderalltags sehr beliebt sind: *Anton und die Mädchen* (2005); *Anton kann zaubern* (2006), das in den Niederlanden zum Bilderbuch des Jahres gewählt wurde; *Antons Geheimnis – Ein Fertigmalbuch* (2007); *Anton und die Blätter* (2007), das den Kinderbuchpreis des Landes Nordrhein-Westfalen erhielt; *Anton und das Weihnachtsgeschenk* (2008); *Anton und der große Streit* (2012) und *Anton und die Spielverderber* (2012). Als großformatige Pappen für die Jüngsten erschienen 2010 *Das große Buch der Bilder und Wörter*, das für den Deutschen Jugendliteraturpreis nominiert wurde, und 2014 *Das große Bilderbuch der ganzen Welt*. Beide Titel waren auch international große Erfolge. Könneckes Klassiker *Elvis und der Mann mit dem roten Mantel* ist seit 2016 wieder bei Hanser lieferbar. 2017 erschien sein Bilderbuch *Sport ist herrlich*, das in 17 Sprachen übersetzt wurde.

1. Auflage 2019

ISBN 978-3-446-26434-2

Umschlag: Ole Könnecke
Satz im Verlag, Hannah Zobel
Litho: Fotosatz Amann, Memmingen
Druck und Bindung: TBB, a. s., Banská Bystrica
Printed in Slovak Republic

FSC
www.fsc.org
MIX
Aus verantwortungsvollen Quellen
FSC® C022120